JN014979

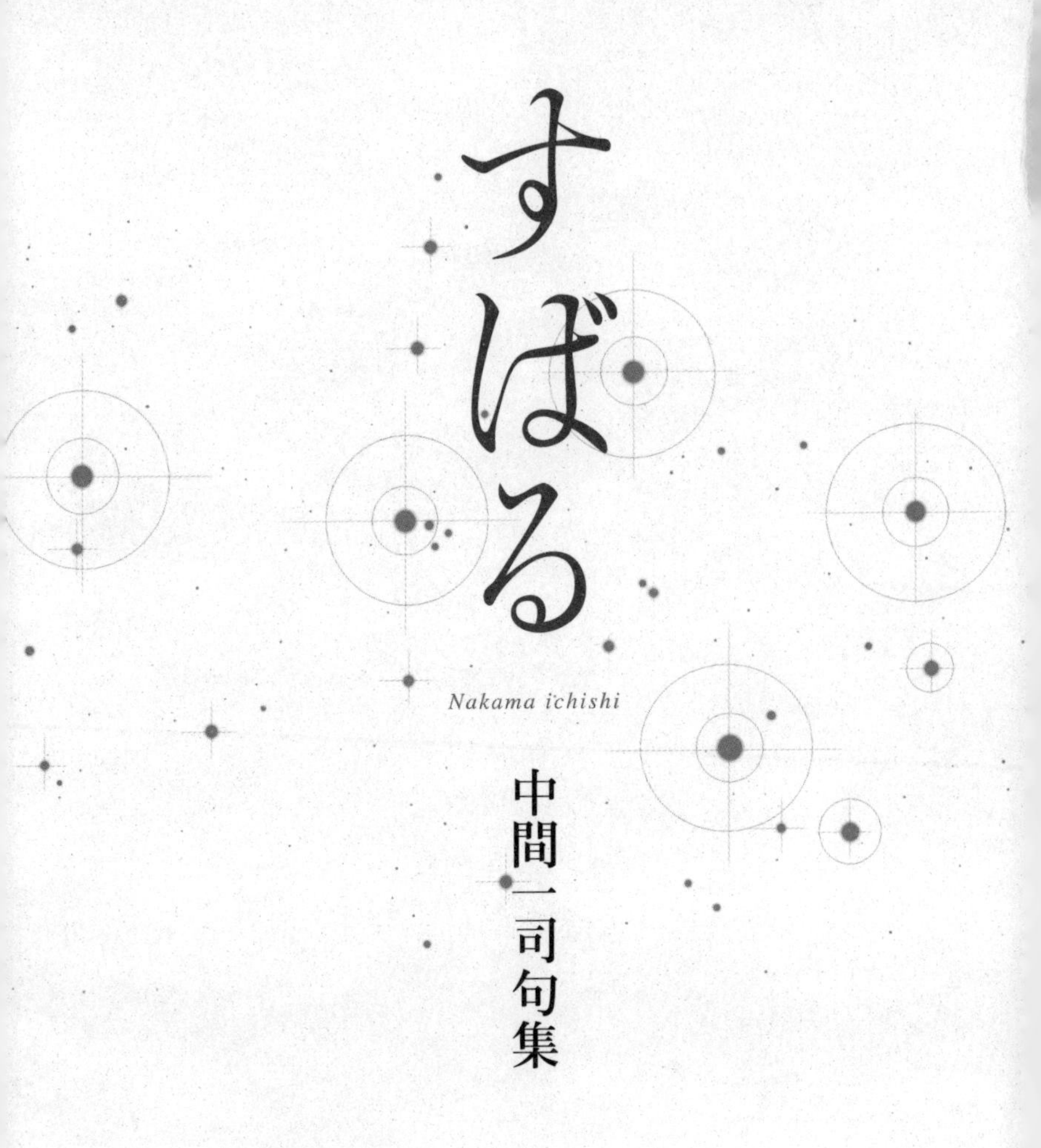

すばる

Nakama ichishi

中間一司句集

ふらんす堂

すばる／目次

句集　すばる

I

元日のはや昼となる猫の貌

産土の寒九の雨となりにけり

寒灯や高麗仏の胴細し

笹音のとぎれとぎれや寒の雨

霜柱掃きゐし音の尖りけり

寒晴やインターホンに鳥の声

風花やしばし無口になるふたり

ふたりして海に降る雪みてをりぬ

星は冬殊にすばるのあはきあを

立春の月に遅れし山の音

竹林を這ひくるにほひ雨水かな

出迎への湯宿のジープ春の泥

菜飯食ぶ鬼の伝説聞きながら

末黒野を遠目に柵の杭打てり

流し雛指で押しやる淀みかな

啓蟄や猫の寝入りし段ボール

駅頭にみどりの袴卒業期

卒業の名簿閉ぢけり老教師

海へ向く墓石ばかり鳥雲に
定年のわたくしだけの山桜

離乳食の皿に木の匙つばめ来る

さへづりやスイッチバックの山の駅

花筏航路の外へ押しやられ
おぼろ夜の山鳩のこゑ近くあり

テーブルに納税通知竹の秋

担任は指長きひと百千鳥

声あげて歌ふ日もあり新教師

遠足の列地下街へ入り行けり

葉桜や腕まくりする訪問医

裏手より父の呼ぶ声溝さらへ

蟇エーテル臭ふ五時限目

豆飯や岬の風と潮騒と

頂上に丸椅子二つ青嵐

遺失物取扱所梅雨に入る

父の日の舶来ペンの試し書き
十薬にたそがれ時の永くなり

菖蒲園の順路を乱す傘の数

ステンレスの流しの上をなめくぢら

蜘蛛合戦糸吐く蜘蛛の凄まじき

野へ帰す合戦終へし黄金蜘蛛

マグカップに歯ブラシ二本梅雨の月

大鯉の足もとに寄る旱梅雨

青山椒花背の里は雨の中
括られて南天白き花こぼす

神官の空ばかり見る山開き

空へ飛ぶマウンテンバイク梅雨明けぬ

サングラス肩で息する尾根歩き

海の日のきみの真白きワンピース

妻を待ち缶ビール飲む橋の上

水旱し祭囃子の遠のきて

大学の門を出で来し白日傘
夏草の高石垣を攻めにけり

沢蟹の岩に遊べる湿りかな

白玉や店の奥より水の音

この路地も向うの辻も地蔵盆

新涼や机の上の鍵の束

秋めくや比叡近しと京ことば
捨て舟の底に水照る雁渡し

切つ掛けは仏陀の話小鳥来る

朝霧や手漕ぎの音の近くなり

斑なる血染天井秋澄める

秋晴や閘門開くアナウンス

下駄音の時をり過ぐる虫の夜

司書ひとりの午後の図書館鵙の声

菊花展くらきところに次の鉢

一陣の風は手品師黄落期

水神の祠を清む冬支度

小春日や自動車文庫妻と待ち

しぐるるや宿の傘ある山の駅

寒雷やカレーうどんのつゆはねて

長堤の殊に夕暮冬ざるる

寒月や鬼の厠といふ巨石

梟のゐさうな大樹暮れゆけり

一角は松の青さや飾売

機音の止みし西陣除夜の月

II

新しきブリキの茶筒立夏かな

自転車の魚売来し若葉風

坂上の風見の館聖五月

夕暮の水辺明るき著莪の花

緑濃しラッシュアワーの御堂筋

つくばひに柿の花浮く朝まだき

本流へ鮎しなやかに水を切り

脱ぎつぱなしのデニムのパンツ薄暑なる

雨を呼ぶ風かも知れぬ吹流し

梅雨めくや竿にシーツのからまりて

実を結ぶ稲草多し梅雨入前

部屋干しのシャツの白さや走り梅雨

先生の「廊下走るな」梅雨に入る

食卓に走り書きあり青葉冷

夾竹桃つぼみのままに刈り込まれ

婆たちの余興となりし田植唄

学生のひとり気づきし額の花

田へ落つる水音ばかり半夏生

蜘蛛の囲に掛かりし蝶の揺れやまず

颪となる伊吹直下の大夏野

林間を夏蝶の影たどり行く

山清水風にけもののにほひあり

黒揚羽ふはりと次の風に乗り

牛小屋をいぶす煙や夏蓬

朝涼や杉の丸太の晒されて

木戸口の柿太りくる九月かな

引出しに父の文鎮秋彼岸

秋雲や妻に付き来し陶器市

どの家も柿の木ありて柿の秋

廃線のホーム短し秋あかね

爽やかに湖上の人となりにけり

裏の戸の半開きなる虫の昼

風にのる香具師の口上浦祭

庭下駄の下にこほろぎゐるらしき

長き夜の向ひのコインランドリー

椋鳥の一群不意に野へ降れり

悪筆は母譲りなりくわりんの実

その先は風の道なり吾亦紅

冬立つやセーラー服の二本線

ペンキにほふ十一月の船溜まり

境内の砂を入替へ日短か

絶版の並ぶ本棚神の留守

居留地のステンドグラス初しぐれ

見覚えのある冬帽子こゑかけず

しぐれ雲菜畑の人の腰上げぬ

終電の自転車置場雪来るか

裏山に落葉踏む音風の音

凍星や眠れる犬の耳うごく

墓石の父母の法名冬ぬくし

山茶花や坂のぼり来る灯油売

寒晴や背中合はせのストレッチ

サドル無き放置自転車霜強し

尖塔へ上がる階段寒夕焼

冬鵙や市民マラソン初参加

谷川の日当るところ笹子鳴く

縁側に猫の足跡雨水かな

竹林のそよぎに春の兆しあり
梅が香や北野をどりを見に行かん

対局の駒音止みし夜の梅

校長の留守を装ふやヒヤシンス

野を焼くや遠くに白き峰いだき

春暁の雲崩れゆく伊吹山

啓蟄や東京行きの乗車券

奥付に昭和の日付水温む

この村の何処歩きても春の水

老ふたり柿の苗木をぶらさげて

鳥帰るけふ閉園の観覧車

花桃の夕日の中に溶けゆけり

四手網ゆつくり上がる春の雲

春昼や二週遅れの週刊誌

入学す立て看板に囲まれて
ルビ付きの名簿見てをり新教師

遠足の集合の笛二度三度

二階より夕暮の海夏みかん

演舞場出でしころより春の雨

Ⅲ

鳥がらのスープの澄みや冬に入る

小春日やビデオに父母の笑ひごゑ

銀匙に角砂糖二個漱石忌

凩や鬼太鼓面の鼻の穴

残り湯で足洗ふ父日短か

煤払ふマルクス全集古びたり

息切らし長マフラーの少女過ぐ

踏み石に凹みが二つ今朝の霜

ぼんやりのひととき大事みそさざい

ゆりかもめ眼をつむりをり雨の中

冬耕の膝の下より昏れて来し

笹鳴や長靴を干す垣の上

日脚伸ぶ木椅子に青きランドセル

仕立てたる礼服届く春一番

芽柳や石橋渡るハイヒール

末黒野の果て戻り来る消防車

表まで子を見送りぬ犬ふぐり

啓蟄や目に入るもののみな動く

嫁ぐ子のこゑ耳奥に春の雪

織田作の墓このあたり黄水仙

古書店の百円ワゴン夕永し
下宿屋の擦り切れ畳卒業す

のどけしやボンタンアメの箱の色

半鐘の梯子朽ちをり彼岸潮

宇治橋の瀬音ひとときは春夕べ

ポン菓子機の音に腰引く竹の秋

行く春や地図より消えし三江線

バス停に廃線の紙菜種梅雨

遠足のしんがりを行く拡声器

「あと二周」コーチの声や暮遅し

大敗のスコアボードや麦の秋

学校に慣れて来し頃柿若葉

まつさらの軍手あやふき溝さらへ

来し方は語るに非ず蟇

刃物屋のシャッター軋む夕薄暑

くちなしの花殻嫌ふ父なりし

梅雨明や鳶のこゑ降る漁師町

ボウリングのピン弾けとぶコカ・コーラ

青桐や爪を焦がして装蹄師

小屋出でし牛の歩みや花南瓜

斑猫や山菜採りの鈴近し

水うまし青嶺の風に触れしとき

弟と草矢を競ふ川の照り

ゆつくりとミシン踏む母茄子の花

宵山のコンチキチンを連れ帰る

ひあふぎの水を弾きし青さかな

涼しさの奥へ奥へと京町家

棟梁の祭のあとの独り酒

妻留守の昼はカレーに缶ビール

かはほりや晩飯何を食べようか

ラーメンのどんぶり洗ふ大暑かな

夏つばめ雨の四ツ橋交差点

山門へポニーテールの夏帽子

沼からの生ぬるき風のうぜん花

夏蝶のＶ字谷へと落ち行けり

神主の烏帽子の歪む溽暑かな

廃校の門扉の鉄鎖蟬しぐれ

真夜中の波の音きく帰省かな

だれもゐぬ部屋に首振る扇風機

引越の軒に残りし釣忍

盆過ぎのビール箱ある勝手口

立山の峰黒々と星月夜

下山して一夜の宿のきのこ飯

水澄むや母の手紙をポケットに

夕日中母を待ちをり蕎麦の花

コスモスやきみの消息それつきり

ハーモニカ吹く子の後ろ夕とんぼ

小鳥来る昼飯どきの木工所

夫婦してワイン一本良夜なる

広縁に脚伸ばしけり柿の秋

草刈機の音遠ざかる秋の蝶

風鐸の破片がひとつ虫の声

境内の湿れるところ椎拾ふ

落鮎をつつく鴉の濡れてをり

朝寒や郵便受の毀れたる

Ⅳ

六甲の大きく見えて初電車

野々宮の小さき鳥居淑気満つ

大黒へ餅花の影揺れにけり

寒晴のメリケン波止場風止まず

玄関に二月礼者の靴の泥

早春や水門覗く人の影

如月や雲むらさきの東山

ひとり来て山気に触るる芽吹山

風光る旅行鞄のタグの数

蜆汁あたためてをり早出の子

みすゞ忌や海を見てゐし一少女

霾るや床に落ちたる裁ち鋏

始発待ついつもの四人卒業す

詰襟のモノクロ写真初桜

きみどりの蛹がぴくり春しぐれ

再会のまた遠のきし葱坊主

観世仏めぐる湖北の花の雨

着陸の誘導ランプ春の暮

夫婦してみたらし団子春惜しむ

高垣の花からたちの棘あをし

母の日や何はともあれ風呂を焚く

麦秋や行く手を阻む破砕帯

ひかり降る筍掘りの背中にも
バスを待つ白きイヤホン若葉風

梅雨近し風の重たき毛馬堤

六月の雨朴の葉をきらめかせ

緑濃し分教場の窓硝子

駄菓子屋の婆さん留守か花石榴

かき氷始めましたとたこ焼屋

古びたる家庭医学書田水沸く

洛中も洛外もなし夏つばめ

水槽のおとなの金魚こつち見る

朝日浴び耳成山の滴りぬ

神官の不意に掛けたるサングラス

土壁の罅の乾きや蟬しぐれ

さりながら男日傘の淀屋橋

靴紐を結び直しぬ雲の峰

城山の正午のドンや金魚玉

風鈴のはたと止みたる舟屋かな

蓑家の格式問はれても

教卓に白墨の粉草田男忌

万緑や子らそれぞれの適齢期

あの夏のきみが手をふる海の駅
盆明の折り畳まれし長机

馬小屋に犬の仔生まる花むくげ

強がりはやめろと兄の鬼胡桃

大学未だ立入禁止つくつくし

秋暑し歩きスマホが向うより

朝顔の路地に潮の香流れ来し

蔵前の大樽の上赤とんぼ

裏口はがらんどうなり萩の寺

秋澄むや古本市の子規全集

月白や有馬籠編む指の先

秋雨や任地へ戻る夜の駅

神具屋へ色なき風の通ひけり

あふちの実丸飲みしたる鴉の眼

秋の湖たゆたふ舟に日の翳り
何気ない妻の一言穴まどひ

鬼の子や旅行クーポンもらつても
腰にさす菊師の鋏にほひけり

ため池の水抜かれけり鵙の贄

山葡萄目を凝らさねば日に紛れ

川音も釣瓶落としの湯治宿

土曜日の地下鉄出口黄落期

外海のうねりたしかに冬来る

冬めくや小籠包の蒸気にも

山茶花や夜通し雨の音ばかり

その中に駐在もをり浜焚火

凩や旅の支度の整はず

古備前の欠片の山や冬紅葉

豆腐屋の白き長靴しぐれ来る

猟へ出る荷台の犬の大人しき

巫女たちの声の籠れる十二月

予備校に自転車あまた年詰まる

枯れ菊を焚く火にしばし父母のこと

V

桜島　二十四句

火の島へ南風吹く夜は雨となり

どの家も雨樋無くて梅雨に入る

明易の錦江湾を海豚とぶ

鎮もりし桜島山夏の月

海開き小さき浜に砂入れて

遊泳のけふは赤旗風の音

音立てて降る火山灰炎天下

市街地へ噴煙流るる真夏東風

降灰を風巻上ぐる炎暑かな

灰まじりの雨に夏服汚しけり

屋根のある墓へ灰降る日の盛

大夕立きのふの灰を流しけり

すれ違ふ二隻のフェリー白雨中

夕涼し釣糸垂るる避難港

バス停に退避壕ある秋暑し

ボンネットに二センチの灰厄日かな

秋空にけふ五回目の噴火かな

火の山にかかる雲なし浮寝鳥

冬鵙や登山禁止の字の掠れ

枇杷咲くや裏の空家に人の影

噴煙の行方蜜柑を剝きながら

冬晴の避難訓練山静か

黒土に太る真白き島大根

火山灰に埋まりし鳥居日脚伸ぶ

あとがき

これは二〇二〇年までに作句したものを纏めた私の第一句集である。句集名「すばる」は、枕草子の一節「星はすばる。」に拠る。

私の俳句との関わりは学校の宿題俳句からである。小学六年の「竹やぶの赤い宝石冬いちご」。これは赤い宝石が良いと父が褒めてくれた。そして中学二年の「もずの声音楽室まで聞こえ来る」。国語の授業で先生にこれは良い句だ、大事にしなさいと言ってもらったが、音楽室での出来事をそのまま詠んだだけの句なので十四歳の私にはどこがどう良いのかもうひとつわからなかった。大人になって鵙の高啼きを目の当たりにして一気にあの日の光景が甦ってきた。ああこれが俳句かとその時妙に納得したのを覚えている。

二〇〇五年四月母が逝き父はひとりになった。翌年の秋帰省した時、父は縁側に座ってラジオを聴きながら庭を見ていた。それから二か月後に父は逝った。葬儀が済んで少し落着いた頃にテレビでＮＨＫ全国俳句大会をみた。その時何故か父と過ごした最後の日のことを思い出していた。あの時父は何を考えていたのだろうと思いを巡らせているうちに「秋の日の午後の時間はラジオ聴く」という句が浮かんだ。この句を次の大会に応募したら入選した。父との忘れ難い思い出の一句となった。

定年が近づいてきた。定年後をどう過ごすか。漠然とした中で思ったのは心豊かに過ごすこと。その為に何をしようかとあれこれと迷った末に、頭の隅にずっとひっかかっていた俳句をやることにした。さぼり続けてきた宿題をこれからしっかりやろうと思った。退職して一か月ほど図書館通いして、俳句関連の書籍、総合誌に目を通した。総合誌の広告で近所に結社があるのがわかった。早速電話して山尾玉藻主宰を訪ね、主宰の誘ってくださった句会に出席して入会した。

それから十年、この間に多くのことを学んだが、ここで一度立止まって自身の俳句について振り返ってみることにした。

これまでご指導いただいた山尾玉藻主宰、また支援してくださった句友の皆様に心より感謝申し上げます。そしていつも私の健康を気遣ってくれている妻に感謝。

二〇二二年初夏

中間一司

著者略歴

中間一司（なかま・いちし）

1951年５月１日　鹿児島市生まれ
2012年「火星」俳句会入会
2022年「火星」俳句会退会

現　在　公益社団法人俳人協会幹事
　　　　大阪俳人クラブ会員

現住所　〒534-0016　大阪市都島区友渕町1-5-1-612

句集　すばる

二〇二二年八月二日　初版発行

著　者――中間一司

発行人――山岡喜美子

発行所――ふらんす堂

〒182-0002 東京都調布市仙川町一―一五―三八―二F

電　話――〇三（三三二六）九〇六一　FAX〇三（三三二六）六九一九

ホームページ http://furansudo.com/　E-mail info@furansudo.com

振　替――〇〇一七〇―一―一八四一七三

装　幀――君嶋真理子

印刷所――日本ハイコム㈱

製本所――㈱松岳社

定　価――本体二七〇〇円＋税

ISBN978-4-7814-1483-6　C0092　¥2700E